원작 급식걸즈

상큼발랄하고 개성 넘치는 4명의 소녀들이 펼치는 학교생활 콘텐츠로
64만 구독자의 사랑을 받고 있는 유튜브 코미디 채널.
소녀들의 우정과 특유의 감수성이 가득 담긴 이야기로 팬들에게 많은 공감을
얻고 있다. 언제나 기분 좋은 웃음을 주기 위해 오늘도 열심히 달리고 있다.

글 최재연

만화 창작을 전공하고 만화가로 활동하고 있다. 재미와 웃음이 가득하고 마음이 따뜻해
지는 스토리를 만들기 위해 노력 중이다. 대표작으로는 〈급식왕GO〉, 〈인싸가족〉,
〈민쩌미〉 시리즈가 있으며, 잡지 『어린이동산』에 만화 「다시! 시작해」를 연재했다.

그림 진영옥

만화 창작을 전공한 뒤 웹툰과 어린이 만화 등 다양한 분야에서 활동하고 있다.
소녀들의 마음을 사로잡는 아름다운 그림체로 스토리를 더욱 생생하게 만든다.

감수 박병규

급식왕·급식걸즈의 모든 캐릭터와 세계관을 만들었으며, 급식왕·급식걸즈 영상의
총감독 및 메인 작가 역할을 하고 있다. 개그맨과 예능 작가를 한 경험을 살려
'급식'으로 대변되는 학생들 모두가 웃고 공감하는 영상을 만들기 위해 늘 노력 중이다.

원작 급식걸즈
글 최재연 그림 진영옥 감수 박병규

**SANDBOX
STORY** KIDS

차 례

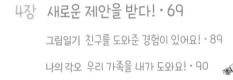

꿈을 찾고 싶은

반희

코스프레 마니아

라이

아이돌 가수

초아

반희는 이것저것
잘하는 게 많지만,
가장 하고 싶은 일이 무엇인지
찾고 싶다. 다른 친구들처럼
확실한 꿈을 정하고 싶지만
그 과정은 어렵고
힘들기만 한데….

코스프레에 진심인
라이는 기대했던
대회를 앞두고 위기에
처하는데….
반희와 함께 어려움을
이겨 내며, 반희의
새 재능을 발견한다!

일찌감치 가수의
꿈을 이루고, 가수 활동과
학교생활을 모두 잘하려
노력한다. 반희에게
메이크업을 부탁한 날,
뜻밖의 일이
일어나는데….

의상학과 지망생
두루미

태권도 소년
오대오

천사 선생님
구구쌤

어릴 때 반희와 같이
태권도 도장을 다니던 사이.
반희를 아끼며 언제나
도움을 주려 애쓴다.
그래서 반희의 고민을
누구보다 빨리
눈치채는데…:

코스프레 의상 가게를
여는 게 꿈이라서 진학하고픈
학과도 이미 정했다.
꿈 때문에 고민 많은
반희를 위로하기 위해
노력한다!

반희가 고민하는
모습을 그냥 지나치지
않는 좋은 선생님.
반희가 꿈을 찾는 데 도움이
되도록 여러 가지 경험을
할 수 있게 지원한다.

프롤로그

내 이름은 반반희~ 이제부터
나를 소개할게~

좋아하는 음식은 프라이드치킨
반, 양념치킨 반~ 반반 치킨!

좋아하는 색깔은?
노란색 반, 초록색 반!

어? 근데 내 꿈은 뭐지? 내가 가장
잘하는 게 뭐냐고~?!!

라이는 코스프레를 잘하고,
초아는 가수의 꿈을 이뤘는데….

나는 모르겠어! 내가
가장 잘하는 것도,
내 꿈도 모르겠다고!!

꿈을 찾는 과정이 이렇게나 힘들다니….
과연 내가 해낼 수 있을까?

어쨌든 난 포기
안 해! 나의 꿈
찾기를 지켜봐 줘~

1장

내가 가장
하고 싶은 일은 뭘까?

오늘 초아가
1위 후보인가?

응! 1위 할 수
있겠지? 기대된다~

컴백하자마자
바로 1위는 좀 무리가
아닐까요?

아니! 난 초아가
1위 할 것 같아!

활

짝

*싱어송라이터 작사나 작곡을 직접 하는 가수.

잠시 뒤

여러 가지를 어느 정도 잘하는 것도 좋지만…, 제가 가장 하고 싶은 한 가지를 찾고 싶어요.

네….

그렇구나. 고민되겠다구~

하…

초아나 다른 친구들은 벌써 꿈을 찾았는데, 전 왜 못 찾을까요?

제가 이상한 걸까요?

아니~ 전혀 이상하지 않다구~ 오히려 당연한 거라구~ 나도 그랬다구~

홋~

그렇다구~ 나도 네 나이 때는 나중에 커서 뭘 해야 할지 몰랐다구~ 그때 고민하면서 쓴 일기장만 10권이라구~

깜짝

꼬덕   꼬덕

구구쌤도요??

그럼 어떻게 하고 싶은 걸 찾으셨어요?

나한테 맞는 걸 찾으려고, 이것저것 다 해 봤다구~ 미술 학원, 무도관, 피아노 학원… 안 다녀 본 데가 없다구~

그렇게 다 해 보고서 찾으신 거예요?

아니라구~ 아주 우연히 알게 됐다구~

놀람 반! 궁금증 반! 어떻게 찾으셨어요?

번

쩍

대학교 때, 동아리 봉사 활동으로 시골의 작은 학교에 갔다구~

아이들도 너무 좋았구!

헤헤

그때 아이들을 가르친다는 게 정말 즐거운 일이란 걸 깨달았다구~

학교에 동아리가 많으니까, 우선 동아리 활동을 통해 알아보자구~

지금은 동아리 부원을 받는 시기도 아닌데… 가능할까요?

우리 반희의 고민 해결을 위해, 이 구구쌤이 동아리 회장들한테 부탁해 놓겠다구!

학교 동아리 체험만으로 하고 싶은 걸 못 찾을 수도 있지만, 실망하지 않기로 약속하자구~

구구쌤, 정말 감사해요~!

네! 약속합니다~!

다음 날

동아리 체험하러 왔습니다. 잘 부탁드려요~

과연 나는 동아리 활동 체험으로 가장 하고 싶은 일을 찾게 될까?

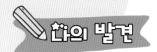

나는 어떤 사람일까?

나는 도대체 어떤 사람일까?

스스로에게 질문하고 답하면서, 내가 어떤 사람인지 곰곰이 생각해 보세요.

이름은?   혈액형은?   MBTI는?

나이는?   별명은?   닉네임은?

놀 때 주로 하는 것은?

특기는?   자주 하는 SNS는?

좋아하는 음식은?   싫어하는 음식은?

좋아하는 아이돌과 노래는?

좋아하는 캐릭터는?   롤 모델은?

친한 친구는?   가장 아끼는 물건은?

듣기 싫은 말은?

화날 때 하는 행동은?

여행하고 싶은 나라는?   자주 쓰는 말은?

좌우명은?

좋아하는 계절과 날씨는?   싫어하는 날씨는?

키우고 싶은 동물은?

즐겨 입는 옷은?

다시 태어난다면?

나에게 집이란?

좋아하는 과목은?

싫어하는 과목은?

추천하고 싶은 영화, 책, 음악이 있다면?

나랑 친해지는 법은?

습관이나 버릇은?

나를 한마디로 표현하면?

지금 하고 싶은 말은?

장점은?

단점은?

매력은?

나를 화나게 만드는 것은?

요즘 관심 있는 것은?

장래 희망은?

이 책을 다 읽은 뒤, 하고 싶은 것은?

콤플렉스는?

무서워하는 것은?

듣고 싶은 말이 있다면?

아하,
답변을 쭉 보니까
좀 알겠는걸~

앞으로 배우고 싶은 것은?

스트레스 해소법은?

2장

여러 가지 경험을
해 보자!

27

*프로그래밍 컴퓨터 프로그램을 만드는 일로, 보통은 코딩을 뜻한다.

네가 체험했던 제과·제빵, 미술, 메이크업, 연극, 문예 창작 동아리 부장들이 모두 네 선택을 기다리고 있거든~

아하하…, 제가 뭐라고.

너처럼 하나만 가르쳐도 금방 잘하는 애는 보기 드물거든~

그렇구나, 네가 가장 좋아하는 일을 꼭 찾길 바랄게. 또 보자!

네, 안녕히 가세요~

히지만 전 가장 하고 싶은 게 뭔지 아직 잘 모르겠어요.

*새치기 순서를 지키지 않고 남의 자리에 끼어드는 행위나 그런 사람.

똑 똑

?

실례합니다.

드르륵

무슨 일이십니까?

다름이 아니라 동아리 체험을 하고 싶어서요.

동아리 체험이요? 지금은 동아리 체험 기간이 아닌데요?

뭐야?!

안절

저… 구구쌤이 말씀 안 하셨나요? 그… 기간은 아닌데… 그러니까…

긁적

아, 그 체험…

기억났어요! 근데 저희는 '몸으로 대결하는 운동' 동아리라서, 좀 어렵다고 말씀드렸는데…

긁적

부절

완전
재미있는데?

몸을 움직이고
땀 흘리는 걸,
내가 이렇게나
좋아했다니!

생각보다
재능이 있는데?

그래 보여요?

응, 잘하네.

어릴 때 해 봐서 그런가
자세도 좋고, 동작도 정확하고,
*품새도 금방 외우더라.

그래요~?

이렇게 잘하는데,
왜 계속 안 하고
그만뒀어?

*품새 태권도에서 공격과 방어를 규칙에 따라 연결해 놓은 동작.

어?
그러게요?

뭐야~ 네가 그만둔
이유를 왜 나한테 물어.
엉뚱한 애네~

하하 하하

제가 왜 그만뒀죠?

어? 진짜 내가 왜
태권도를 그만뒀지?
이렇게나 재밌는데···

난 어릴 때부터
반반을 좋아했으니까
태권도 반, 피아노 반
다니다가 엄마가
그만두게 하셨나?

곰곰

모르겠다~
기억도 안 나는데
더 고민하지 말자.

방긋

그럼 내일도
나올 거야?

네? 체험은 하루만
가능한 거 아니었어요?

???

삐질 삐질

그렇긴 한데···

아니…

네가 잘하기도 하고 즐거워 보여서…. 좀 더 해 봐도 괜찮아.

진짜요??

어? 그럼!

당황 당황

벌떡

감사합니다!!

샤 라 라

잘됐다! 체험한 동아리 중에서 태권도 동아리가 가장 마음에 들었는데!

며칠 더 해 보면, 정말 하고 싶은 건지, 아닌지 알게 되겠지!

*절대 안정 환자를 오랫동안 쉬게 하는 일. 보통 누운 자세로 쉰다.

취미 탐방

어떤 취미를 가져 볼까?

급식걸즈 친구들의 다양한 취미 활동을 같이 살펴볼까요?

내 취미는 달리기

나는 운동화만 있으면 다른 준비물은
필요 없는 달리기가 좋아.
달릴수록 건강해지는 걸 느끼거든.
특히 머릿속이 복잡할 때 달리면,
기분이 정말 상쾌해져!

운 동 취 미

발레, 태권도, 수영, 축구, 줄넘기, 스케이트,
스케이트보드, 배드민턴, 자전거 타기 등

영화 감상을 좋아해~

난 영화, 만화, 애니메이션 등 보는 거라면
다 좋아해. 그중에서도 특히 옛날 영화를
좋아하지. 옛날 사람들이 쓰던 물건이나
의상들을 보는 게 아주 흥미롭거든.

감 상 취 미

전시회, 공연, 영화, 애니메이션, 음악, 독서 등

발가락쌤도
취미를 좀 가져
보시라구요~

저도 취미 있어요!
떡볶이 얻어먹는 게
취미거든요!

차분히 앉아서 하는 십자수가 좋아

미술에는 소질이 없지만,
십자수는 정성만 쏟으면 멋진 작품을
완성할 수 있어서 마음에 들어.
정신을 집중해서 십자수를 하면, 마음이
차분해지고 힐링도 되더라~

만들기 취미

종이접기, 펠트 공예, 팔찌 만들기, 뜨개질,
미니어처 만들기, 캘리그래피, 요리 등

난 외국 동전을 모아!

수집이 취미인 사람들도 많지?
나는 외국 동전을 모아. 내가 가 본 나라의
동전들은 추억이 떠올라서 좋고,
내가 못 가 본 나라의 동전들은 상상의
나래를 펼칠 수 있어서 좋아.

수집 취미

책, 우표, 골동품, 스티커, 장난감, 문구, 돌,
엽서, 포토 카드 등

결심했어! 내 취미 활동은...

앞에 소개된 취미 활동 중에서 마음에 드는 것이 있나요? 그럼 아래에
그 활동을 하는 자신의 모습을 그리고, 그 취미를 갖고 싶은 이유를 적어 보세요.

어떤 활동이든
열심히 하면
재미있을 거야!

3장

태권도를 그만둔
결정적인 이유

저보고 대회를
나가라고요??

미… 미안.
내가 급한 마음에
아무 말이나….

아… 아니,
아무 말이 아니야!
넌 정말 잘해!!

그리고 대회에 나가 보면,
네가 태권도를 얼마나 좋아하는지
분명히 알게 될 거야!

다급

곰
곰

부장님 말도 틀린 건
아니야…. 대회에 나가야 하는
상황에 놓이면, 내 마음을
더 잘 알게 될지도 몰라….

그러니까 한번 생각해 봐.
막 강요하고 그런 건 아니야.
싫으면 안 해도 돼.

진짜??
정말 고마워!!

넌 나의… 아니,
우리 태권도부의
*은인이야!

저 나갈게요,
대회!

덥

석

*은인 은혜를 베푼 사람.

47

내가 왜 그랬을까….

남을 돕는 건 좋은 일이야~

YES~

흥! 잘해야 도움이 되지! 과연 도움이 될까?

대회 나가는 게, 좋은 마음 반, 싫은 마음 반인데…. 어쩌다 보니 태권도장 앞이네….

어… 반희?

누구…?

??

맞네, 반희! 여긴 웬일이야?

오대오 오빠? 아직 태권도장 다녀요?

나 기억해?

그럼요! 키만 크고 잘생긴 얼굴은 그대로네요!

내가 쏘~쿨~하게 자라긴 했지! 하하하~

대화를 나눈 뒤

아하~ 그래서 대회 나갈 준비를 하려고 태권도장에 온 거구나?

네.

동아리 부장은 제가 잘한다고 했지만…. 아직 대회 나갈 정도는 아니라서요.

부장이 보는 눈이 있네! 너 진짜 쏘~쿨~하게 잘했거든!

네? 저 여기 다닐 때도 잘했나요?

그럼! 10년에 한 번 나올까 말까 한 천재라고, 사범님께서 너 꼭 국가대표 시키고 싶어 하셨는데….

갑자기 안 나와서 무척 슬퍼하셨지.

그때 왜 갑자기 그만둔 거야?

저도 어릴 때라 기억이 잘 안 나요….

어쨌든 다시 보니 좋다. 사범님께 말씀드릴게.

사범님이 다시 가르쳐 주실까요?

당연하지! 엄청 좋아하실걸?

사범님

잠시 뒤

다다다다

무슨 소리지??

반희가 왔다고??

이렇게 빨리?

안녕하세요, 사범님!!

정말 반희네~!!

벌떡

와

잘 왔어!!!

사정은 대오한테 다 들었어. 시합 전까지 한 사람 몫은 할 수 있게 지도해 줄게. 걱정하지 말고 도장에 나와.

정말요?? 고맙습니다, 사범님!

오대오 오빠, 고마워요!

무슨 말씀~ 당연한걸!

이렇게 같이 있으니까, 꼭 어릴 때로 돌아간 것 같다. 안 그래?

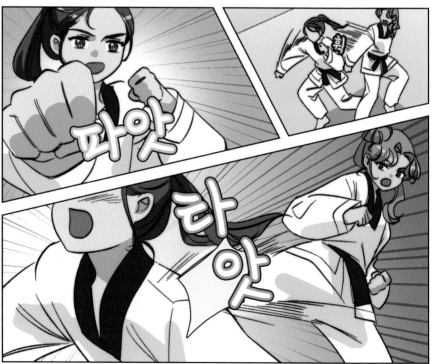

으악!!

우당당

우아~
좀 거칠지만 진짜
빠르다.

역시 재능이 있어!
반희 꼭 붙잡아서
선수 시켜야지!!

꺄아

반희♥

혁

혁

아직
안 끝났어!!

팟

슈웅

휘익

썩

반반희 승!!

이 정도일 줄은 몰랐는데,
엄청 날렵하네! 인정!

!!

벌떡

너 멋있다~ 좋은 경기였어. 다음엔 정식으로 붙어 보자.

생글

생글

쓱

덜

덜

아….

네…. 감사합니다….

덜

덜 덜

??

왜 손을 떨지?

사범님, 저 오늘은 일찍 들어가 보겠습니다….

그래!

??

표정도 너무 어두워. 무슨 일이지??

3일 뒤

핫

핫

핫

반희가
태권도부에
안 온 지 벌써
3일째야…

반희가 도장에
계속 안 나오네…

흠⋯⋯

반희는 오늘도
안 왔니?

네⋯

두리번 두리번

그때랑 똑같네.

그때요?

예전에 그만둘 때.
그때도 겨루기 연습한 뒤로
안 나왔거든.

챙⋯⋯

엉
엉
엉

59

그러고 보니…

사범님, 저 반희 좀 만나고 올게요!

뭐? 지금?

지민이와 겨루기를 한 뒤, 얼굴빛이 좋지 않았어.

후다닥

반희네 집

오대오 오빠…, 무슨 일이에요?

깜짝

바… 반희야…, 헉헉…, 궁금한 게 있어서….

헉

헉

너 혹시… 겨루기가 싫어?

아…!

헉

헉

헉

추욱

네…, 맞아요.

오빠…

엥? 왜 더 우는데!! 갑자기??

뿌엥

잠시 뒤

이제 좀 진정됐니?

네… 근데 아쉬워요. 이번엔 정말 좋아하는 걸 찾은 줄 알았는데.

응? 그게 무슨 말이야?

제가 요즘 내가 가장 하고 싶은 게 뭔지, 가장 좋아하는 게 뭔지 찾고 있거든요.

태권도 배우면서 '이거 진짜 재밌다!'라고 느꼈거든요. 소질도 있는 것 같고.

그래서 이게 내 길인가 했는데, 결국 이것도 아니었어요…

꿈이 그렇게 쉽게 찾아지는 건가?

그게…
무슨 말이에요?

세상엔 자신이
할 일을 평생 찾아다니는
사람도 있어. 그런데 아직
학생인 우리가 꿈을
찾는 게 쉬울까?

하지만 제 친구들은
벌써 다 찾았는걸요…

사람은 다 다르잖아.
친구들과 자신을
너무 비교하지 마.

맞아요…
꿈과 진로를 정한
친구들을 보고
제가 조바심이
났나 봐요.

오빠 얘길 들으니
마음이 편해졌어요!
고마워요!

두
근

하
하

64

오대오 오빠의 말대로, 난 꿈을 천천히 찾아보려고 했다. 하지만…!

세상일은 역시 내 뜻대로 되지 않아!!

반희야, 결정했어? 어느 부에 들어갈 건지? 우리 부지??

그러니까 반희야, 빨리 결정해 줘~!

다른 사람들이 내가 빨리 결정하기를 바랐으니까!!

감정 사전

다양한 감정 표현을 배워요!

반희는 꿈을 찾는 과정에서 다양한 감정을 경험하고 있어요. 이 감정은 마음을 성장시키는 밑거름이 될 거예요. 그러니 '좋아', '짜증 나'처럼 감정을 두루뭉술하게 표현하지 말고, 좀 더 분명하고 다양하게 표현하는 게 좋답니다.

선물을 받아서 기분이 좋을 때 '좋다'라는 말 대신…

- 정말 기뻐
- 아주 행복해
- 황홀해
- 마음이 흡족해
- 만족스러워
- 기분 최고
- 하늘을 날 것 같아

내게 힘이 되는 친구들에게 '감동이야'라는 말 대신…

- 뭉클해
- 감격스러워
- 감명 깊어
- 인상적이야
- 감개무량해
- 감탄스러워
- 가슴이 벅차올라

무서운 동영상을 보았을 때 '무서워'라는 말 대신…

가슴이 철렁해 섬뜩해

소름 끼쳐 오싹해

숨 막혀 긴장돼

충격적이야 겁에 질렸어

마음대로 안 돼서 화가 날 때 '짜증 나'라는 말 대신…

마음이 갑갑해 억울하고 분해

속이 끓어올라 언짢아

골이 나 마음이 답답해

얼굴이 붉으락푸르락 달아올라

가까운 사람이 아플 때 '슬퍼'라는 말 대신…

속상해 울고 싶어

서글퍼 기분이 가라앉아

마음이 답답하고 쓸쓸해

마음이 아프고 괴로워

내 얘기에 친구들이 웃을 때 '창피해'라는 말 대신…

부끄러워   너무 쑥스러워

무안해   민망해

쥐구멍에 숨고 싶어   멋쩍어

당혹스러워 어쩔 줄 모르겠어

이제 막 데뷔한 아이돌을 보고 '궁금해'라는 말 대신…

관심이 가   두근거려

마음이 들떠   흥분되고 떨려

자꾸 생각나   설레서 잠이 안 와

마음이 편안할 때 '좋아'라는 말 대신…

마음이 가뿐해   안심돼

여유가 생겨   긴장이 풀려

아늑해   포근해

평화로워   오붓해

4장

새로운 제안을
받다!

어??

당황

아… 아니, 우리는 반희를 괴롭히는 게 아니고…

태권도 부장님, 그게 아니에요! 제가 설명할게요!!

잠시 뒤

아… 그래서 태권도 동아리에도 안 나왔던 거구나.

죄송

네…

휙

너희 사정도 이해하지만, 아직 반희가 마음을 못 정했잖아. 너무 강요하는 건, 좀 아닌 것 같은데.

머쓱

미안해, 반희야…

우리는 그냥 네 소질이 아까워서…

아니에요~ 괜찮아요~

71

다음 날,
하교 시간

얘들아~!!
내가 떡볶이 쏜다!!
먹으러 고고??

띠용때용~
반희가 쏜다면, 이
라이 님이 먹어
주겠다~

정말? 완전 좋다~
근데 오늘은 동아리
체험하러 안 가?

응. 너무 많이 다녔더니,
오히려 더 모르겠어서
좀 쉬려고~

와~ 드디어
반희랑 논다~

얘들아…!

오랜만에 다 같이
분식 먹으러 가니까,
기분 최고야~!!

오랜만의 우리 분식
타임을 축하하며~

주먹밥 반,
계란찜 반! 반반씩
내가 살게~~!!

띠용때용~
반반희 최고~~!

73

이 라이 님에게도 고민의 시간이 있었지~ 내가 좋아하는 게 만화 주인공인지, 아니면 화려한 옷인지,

그것도 아니면 옷을 만드는 건지! 한참 헷갈렸지 뭐야~

그러던 어느 날…!

바로 이거야!

축제에서 연극을 하다가… 두둥~! 분장을 하고 캐릭터를 흉내 내는 게 제일 좋단 걸 깨달은 거야~!!

제일 중요한 건, 바로바로 여기! 네 마음이 어디로 향하는지 아는 거란다, 알겠니?

네! 알겠습니다!

일요일 오전 반희네 집

일주일 동안 아무것도 안 하니까 조금 알 것 같기도….

안녕하세요.

네?
아, 안녕하세요.

역시 가장
좋아하는 것,
잘하는 것을 하니까
반짝반짝 빛난다.
멋있어···!!

멋짐

이분은 아까···
다른 가수 메이크업을
하던 분이잖아?

멋짐

초아 님의 스태프인가요?

뿡

뿡

아, 아뇨. 초아의 메이크업 담당 언니가 일이 생겨서 오늘만 도와준 거예요.

반짝

반짝

정말요? 그럼 회사에 소속된 게 아니고요?

네? 소속이요?

그런 거 아니에요. 전 그냥 초아랑 같은 반 친구예요… 하하…

멈칫

메이크업 아티스트가… 아니란 말이에요??

네? 메이크업 아티스트라니요…, 전 그냥 학생이에요.

당황

하하하…

제대로 배워 본 적도 없는걸요. 아, 동아리에서 잠깐 배웠나…?

그런데… 어떻게 메이크업을 그렇게 잘해요?

멍―

아, 그거요…?

84

친구를 도와준 경험이 있어요!

반희는 친구를 참 잘 도와줘요. 다른 사람을 돕는 경험은 우리 자신을 더 나은 사람이 되게 만들어 주어요. 그리고 도움을 주고받는 것은 관계를 더 끈끈하게 만들지요. 큰 일이 아니더라도, 친구를 도와준 경험을 떠올리며 그림일기를 써 보세요.

언제 :   년   월   일   어디서 :

와, 잘했어!
정말 멋진 경험이다~

우리 가족을 내가 도와요!

이번엔 우리 가족을 위해서 내가 할 수 있는 일을 한번 생각해 볼까요? 가족을 어떻게 도우면 좋을까요? 잘 생각해 보면, 내가 할 수 있는 일이 있을 거예요. 아래에서 내가 할 수 있는 집안일을 골라 체크해 보세요.

☐ 설거지

☐ 신발 정리

☐ 정리 정돈

☐ 빨래 개기

☐ 심부름하기

☐ 재활용품 분리하기

☐ 음식물 쓰레기 분리배출

☐ 편지 쓰기

☐ 내 방 청소하기

☐ 이불 개기

☐ 택배 상자 정리하기

☐ 반려동물 산책시키기

☐ 걸레질

☐ 수저 놓기

☐ 밥 먹은 그릇 정리하기

☐ 화분에 물 주기

☐ 반려동물 밥 주기

☐ 요리 돕기

5장

꿈을 향해 한 발짝 더~!

앗, 갑자기 전화가 와서….

죄송합니다. 빨리 끌게요.

후다닥

떠리리링 떠리리링

그러니까… 전 김 실장님의 제안을….

!!

삐빅 삐빅

떠리리링

왜! 하필! 이 타이밍에!

떠리리링

도대체 누구야?

어?!!

라이? 오늘 대회 나간댔는데…. 무슨 일이지?

철컹

!!

알지! 네가 많이 기대하고 준비했잖아!

근데 지금은 내가 좀….

내가 이 대회를 얼마나 기다렸는지 알지? 상 받을 자신도 있는데…. 근데 시작도 못하게 됐어….

반희 양, 우리 이야기는 다음에 해도 괜찮으니, 우선 친구를 도와주러 가요.

그래도… 될까요?

그럼요, 언제든 반희 양 편할 때, 다시 얘기하면 되죠~

정말 감사합니다, 김 실장님!

호호호~ 친구 잘 도와줘요~

라이야, 기다려! 내가 금방 갈게!!

하지만 방법이 없…

어? 반희야, 너 어디 가??

저기요, 혹시….

??

아, 진짜요? 고마워요~

뭘요, 남는 건데~

쟤가 지금 뭘 하는 거지?

아, 이것도 주시게요? 감사합니다~

라이야! 왜 가만히 있어?!!

빨리 수선하자~!!

수··· 수선···?!!

응! 내가 입을 코스프레 옷 수선해야지!

어엉??

20분 뒤

겨우 시간 맞춰서 완성했다~!!!

금방 입고 나올게, 기다려!

응!

5분 뒤

라··· 라이야.

어? 왜 반희야??

코스프레 대회

103

하하하

우르르

저기요!
잠시만요!

언니! 사진
찍어도 돼요?

쑥

네?

당황

저…
저랑요?

반희는 이런 거
안 해 봐서 어색할 텐데.
내가 도와줘야···.

당연하죠! 셀카
모드로 할까요?

찰칵

찰칵

엥??

힘들다~
라이야, 이렇게 힘든데 넌 매번 어떻게 하는 거야??

으아아

재미있으니까~

이해가 돼~ 코스프레하고 무대에서 본 건 처음인데, 재밌더라~

그럼 너도 나랑 같이 진지하게 코스프레 해 볼래?

응?

아이~ 내가 어떻게 해~ 난 너처럼 재능도 없고~

아니야! 너 오늘 진짜 멋졌어!

네가 훨씬 더 멋지거든~

그건 사실이지만, 네가 너무 멋져서 놀란 것도 사실이란 말씀!

107

메이크업도 좋은 거 반…

오늘 해 보니, 코스프레도 좋은 거 반….

결국 다 좋은 건가? 이 상황에도 반반이라니!

하… 아직도 마음이 오락가락해…. 이런 게 '갈대의 마음'인가? 모르겠다….

6장

지금의 나도
너무 멋져!

*진로 앞으로 나가야할 길.

이 사진들은
어디서 났어?

전부… 내가
동아리 체험 활동할 때
사진이네?

원래 체험 활동할 때
사진 많이 찍잖아요~
그래서 물어봤더니, 다들
흔쾌히 주던데요~

오물

오물

하하하!
나 진짜 즐거워
보인다.

와ー

응! 넌 무얼 하든
즐겁게 해. 특히 우릴
도와줄 땐 더더욱!

그래서 그런 생각도
들더라. 네가 가장 하고
싶은 걸 꼭 찾아야 할까?

어?

갸웃

너는 반반을
좋아하는데, 가장 하고
싶은 걸 딱 하나로만
정할 필요가 있을까?

119

그러게…! 내 이름도 반반희고, 난 반반 마니아인데…

왜 하고 싶은 걸 딱 하나로만 정하려고 했지?

반희야, 왜 떡볶이를 피자 위에 올려?

난 둘 다 좋아하니까!

하나만 고르는 게 아니라, 둘 다 같이 먹을래!

친구들의 격려로, 난 깨달았다. 꼭 하나만 고를 필요 없다는 것을!

그날 이후로 나는 무척 바쁘다.
내가 하고 싶은 건, 다 하고 있기 때문이다.

후다닥

드르륵

안녕하세요!

어서 와~ 반희야!

빠
깡

숙

이제 고민하느라 시간을
낭비하지 않는다.

*서당 개 삼 년이면 풍월을 읊는다 서당에서 사는 개도 3년이면 시를 외울 만큼 배운다는 비유로, 곁에서 오래 들으면 얼마간 지식과 경험이 쌓인다는 말.

김 실장님께 메이크업도 배운다.

메이크업 아티스트가 되기로 결정한 건 아니라서, 처음에는 거절했지만···.

안녕하세요, 김 실장님!

김 실장님께서 내 상황을 배려해 주셨다. 그래서 이것도 도전해 보는 중!

어서 와요, 반희 양~ 메이크업 준비해 주세요~

네~ 알겠습니다!

요즘은 몸이 열 개라도 모자랄 만큼 바쁘다. 반반희가 아니라 반반반희라고 해야 할지도?

123

내 꿈을 찾아서~!

초아나 라이처럼 이미 꿈을 정한 친구도 있고 반희처럼 아직 정하지 못한 친구도
있지만, 급식걸즈는 모두 꿈을 위해 노력하고 있어요.
여러분도 아래에 자신의 꿈 또는 관심이 있는 것들에 대해 그리고 써 보세요.

꿈을 위한 나의 노력은?

반희는 꿈을 찾기 위해 태권도도 배우고, 메이크업 아티스트 회사도 탐방하는 등
다양한 활동을 해 보았어요. 꿈을 찾기 위해 여러분은 어떤 활동을 하고 싶나요?
아래에 글과 그림으로 적어 보세요.

와, 정말 멋지다!
너의 꿈을 응원할게!

1판 1쇄 인쇄 2024년 12월 11일
1판 1쇄 발행 2024년 12월 20일

원작 급식걸즈
글 최재연 | **그림** 진영옥 | **감수** 박병규

펴낸이 이필성, 차병곤
사업리드 김경림 | **기획개발** 김영주, 서동선, 윤지윤
영업마케팅 오하나, 김민경, 서승아, 문유지
디자인 씨엘 | **편집** 정숙영

펴낸곳 ㈜샌드박스네트워크 샌드박스스토리 키즈
등록 2019년 9월 24일 제2021-000012호
주소 서울특별시 용산구 서빙고로 17, 30층(한강로3가)
홈페이지 www.sandbox.co.kr
메일 sandboxstory@sandbox.co.kr
전화 02-6324-2292

ISBN 979-11-92504-50-6
ISBN 979-11-974973-5-3 74810(세트)

• 제조사명 : ㈜샌드박스네트워크
• 주소 : 서울특별시 용산구 서빙고로 17, 30층(한강로3가)
• 제조연월 : 2024년 12월
• 제조국명 : 대한민국
• 사용연령 : 3세 이상 어린이 제품